U0025014

圖・文／蘇 飛

森林的一天

作者簡介／蘇飛

本名廖秀慧。馬來西亞麻坡人。一半夢想一半生活。

喜歡被創作和夢想填滿生活，也愛宅在家等家人回來的時光。

喜歡電影，所以開始寫故事。

在寫小說前，寫電視劇及電影劇本，並曾任兩部系列長篇動畫編審。

喜歡創作，曾出版青少年書籍十部及無字繪本一部。

繪本創作於我是有意義且有趣的，希望能畫出好玩、有意思的繪本。

窮一生追尋生命的意義，雖模糊卻篤定地走下去。

願大家能在我的繪本中找到自己的感動。

FB 粉絲專頁：蘇飛的世界

天氣真好！
出來走走真舒服！

咦？那是什麼？

一動不動，
好像石頭。

不，我覺得
牠是顆蛋。

什麼蛋？
一顆閃閃
發光的金蛋！
哇！金蛋！
好棒啊！

走，給金蛋找媽媽去！

給金蛋找媽媽去！

蝴蝶啊蝴蝶，請問
這是你下的金蛋嗎？

我家孩子和我不同，
不喜歡引人注目哦！

那河水金光閃閃的。

金蛋的媽媽
一定在水裡！

魚兒啊魚兒，請問
這是你下的金蛋嗎？

不，我家孩子
都躲在水裡呢！

走！我們去問問牠！

聽說樹林裡
有條金黃色的蛇。

「蛇啊蛇，請問你知道這是誰下的金蛋嗎？」

「我覺得牠不是金蛋哦！要不要給我吃吃看？」

快逃啊!

「我猜它只是一顆金石子。」

「好吧！金石子也不錯。
呵，用金石子來做什麼好呢？」

「我想到了！做一條金・項・鏈！」

「好棒哪！」

我也要！
我也要金項鏈！

我也要！
我也要！

金項鏈引來獵人了！快逃命啊！

「獵人走了嗎？」

「應該走了。」

「啊！金蛋，哦不，金石子飛走了！」

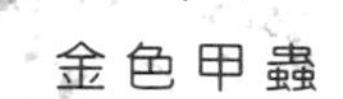

「再會，小金！」

「誰是小金？」

「小金剛剛飛走啦！」

「為什麼你叫牠小金？牠告訴你的嗎？」

「我就喜歡叫牠小金。」

「哦……那就小金吧！小金，再見！」

給讀者的話／拓印創作的開端……

蘇飛

《森林的一天》（A Day In the Forest）是繼《狐狸先生與愛吃畫的咕嚕》（Lost and Found）（秀威少年，2019 年）無字繪本後所作的繪本。

「它」源於一個差點被丟棄的黑色紙盒。

某天，我買了個東西（已沒有印象是什麼），取出東西後準備把盒子丟棄。站在垃圾桶前的我，看著黑色紙皮厚樸的質感，突然想用它刻上《得失之間》的主角 Grrr。

想到就做，我馬上用毛筆在黑色紙皮上繪出 Grrr 笨拙傻憨、坐著看書的樣子，接著拿出水彩顏料為它上色，再用雕刻刀刻出輪廓，剝去輪廓外的紙皮。

想不到完成後竟有一種獨特的版畫效果。當時的我突發奇想：不如做個類似版畫或拓印圖畫的繪本。

之後這念頭不了了之，因為我覺得版畫創作難度很大。

某一天，我回家途中發現了溝渠邊冒出的嫩綠小植物，竟為此著迷。我出神地盯著它們，後來乾脆蹲下來蒐集了一些回家。我著手在

畫紙上拓印植物的葉脈和形狀，並在拓印後加上自己的想像賦予拓印圖畫「生命」，把他們變成了動物（當時畫了小狐狸、小兔、小象、三角龍、暴龍等等，自個兒玩得不亦樂乎）。

就這樣，也是很隨性的，我突然很想以葉子拓印的方式，畫兩個動物朋友在森林裡自由自在地探索、玩樂的故事。

我開始四處蒐集各種樹葉，路過的人都對我投以奇異眼光。遇見相識的鄰居，會過來打趣問我在找什麼寶物。還有好心人誤會我在找藥草，硬是要介紹我採集某些能治病的葉子。

創作期間，我的家堆了各種葉子，為了延長葉子的壽命，我加了水把他們暫時「養」在盒子裡。之後，不單是葉子，包菜頭、毛巾都被我拿來拓印，成為我故事中的山脈、草地。

不得不承認，雖然拓印很累，但過程是激情四射的。

我已經從創作這本繪本得到我想要的東西。願我喜歡的你也喜歡。

兒童文學42　PG2173

森林的一天

圖・文／蘇　飛
責任編輯／陳慈蓉
圖文排版／林宛榆
封面設計／蔡瑋筠

出版策劃／秀威少年
製作發行／秀威資訊科技股份有限公司
114 台北市內湖區瑞光路76巷65號1樓
電話：+886-2-2796-3638
傳真：+886-2-2796 1377
服務信箱：service@showwe.com.tw
http://www.showwe.com.tw

郵政劃撥／19563868
戶名：秀威資訊科技股份有限公司
展售門市／國家書店【松江門市】
104 台北市中山區松江路209號1樓
電話：+886-2-2518-0207
傳真：+886-2-2518-0778

網路訂購／秀威網路書店：https://store.showwe.tw
國家網路書店：https://www.govbooks.com.tw
法律顧問／毛國樑　律師

總經銷／聯寶國際文化事業有限公司
地址：221新北市汐止區康寧街169巷27號8樓
電話：+886-2-2695-4083
傳真：+886-2-2695-4087

出版日期／2019年1月　BOD一版　**定價**／200元
ISBN／978-986-5731-91-5

讀者回函卡

感謝您購買本書，為提升服務品質，請填妥以下資料，將讀者回函卡直接寄回或傳真本公司，收到您的寶貴意見後，我們會收藏記錄及檢討，謝謝！

如您需要了解本公司最新出版書目、購書優惠或企劃活動，歡迎您上網查詢或下載相關資料：

http:// www.showwe.com.tw

您購買的書名：____________________________________

出生日期：________年________月________日

學歷：□高中（含）以下　□大專　□研究所（含）以上

職業：□製造業　□金融業　□資訊業　□軍警　□傳播業　□自由業　□服務業　□公務員　□教職

□學生　□家管　□其它________________

購書地點：□網路書店　□實體書店　□書展　□郵購　□贈閱　□其他

您從何得知本書的消息？

□網路書店　□實體書店　□網路搜尋　□電子報　□書訊　□雜誌　□傳播媒體　□親友推薦

□網站推薦　□部落格　□其他________________

您對本書的評價：（請填代號　1.非常滿意　2.滿意　3.尚可　4.再改進）

封面設計______　版面編排______　內容______　文／譯筆______　價格______

讀完書後您覺得：

□很有收穫　□有收穫　□收穫不多　□沒收穫

對我們的建議：____________________________________

____

____

____

請貼
郵票

11466
台北市內湖區瑞光路 76 巷 65 號 1 樓
秀威資訊科技股份有限公司 收
BOD 數位出版事業部

....

（請沿線對折寄回，謝謝！）

姓　　名：________________ 年齡：________ 性別：□女　□男

郵遞區號：□□□□□

地　　址：________________________________

聯絡電話：（日）________________（夜）________________

E-mail：________________________________